琴剑诗系·全国公安实力派诗人丛书

刘一民
诗选

全国公安文联 / 选编

群众出版社
·北京·

图书在版编目（CIP）数据

刘一民诗选/全国公安文联编.—北京：群众出版社，2016.7
（琴剑诗系·全国公安系统实力派诗人丛书）
ISBN 978-7-5014-5555-3
Ⅰ.①刘… Ⅱ.①全… Ⅲ.①诗集—中国—当代 Ⅳ.①I227
中国版本图书馆 CIP 数据核字（2016）第 170970 号

刘一民诗选

全国公安文联　选编

出版发行：	群众出版社
地　　址：	北京市丰台区方庄芳星园三区 15 号楼
邮政编码：	100078
经　　销：	新华书店
印　　刷：	北京普瑞德印刷厂
版　　次：	2016 年 8 月第 1 版
印　　次：	2016 年 8 月第 1 次
印　　张：	5.375
开　　本：	880 毫米×1230 毫米　1/32
字　　数：	120 千字
书　　号：	ISBN 978-7-5014-5555-3
定　　价：	29.00 元
网　　址：	www.qzcbs.com
电子邮箱：	843195700@qq.com

营销中心电话：010-83903254
读者服务部电话（门市）：010-83903257
警官读者俱乐部电话（网购、邮购）：010-83903253
文艺分社电话：010-83901730

本社图书出现印装质量问题，由本社负责退换
版权所有　侵权必究

目 录

总序 公安战士的文化风范与盎然诗情　梁鸿鹰

自序一 诗，无语
自序二 冬眠不觉晓

第一辑　一滴坚韧的水

秘密修度／003
烈酒浇灌肉身／004
一滴坚韧的水／005
酱缸里弹琴／006
习惯侵占／007
把栏杆拍遍——写给辛弃疾／008
四季疼我／009
喊疼了自己的名字／010
险些被当成桥梁／011
垄断上帝的尊严／012
追赶悬崖的烈马／013

风铃潜伏着计谋 / 014
虚度是重新的开始 / 015
关闭感觉 / 016
罪成最美 / 017
叶的烙纹 / 018
认识与不认识的日子 / 020
色差互补 / 022
开通经脉 / 023
山崩地裂的枯树 / 024
废墟活着 / 025
换一种字体书写生命 / 026
沉默的篱笆 / 027
我不是诗人 / 028
只管往前走 / 029
不一定 / 031
炒股是一种生命状态 / 032
冷铁如轻风 / 034
用尽所有的路来倒退 / 035

白天的月亮和晚上的太阳／036
我的咽喉被秋天抓痒了／038
千年之后的音讯／039
不顾一切地爆裂／040
拔除体内贪婪的能量／041

第二辑　想将一个人慢慢打开

聆听诵读／045
提前依次打开／046
偶尔喜欢你／047
爱过的印痕／048
为何要让自己静下来／049
暗香在腰间扭动／050
盈盈一水间／051
化学反应／052
喜欢你明媚的侧脸／053
你在我的体内长出翅膀／054
将幸福藏起／056

钉子敲进骨头里 / 057
重整山河在那间 / 058
不是柳眉太浅 / 059
不够用 / 060
进退两难 / 061
固化的空气 / 062
微波的深处 / 063
一堵墙的思念 / 064
写在秋叶上的爱 / 065
今夜的月色静悄悄 / 066
我爱,被你爱着的我自己 / 067
真爱无言 / 068
灯下默念你 / 069
你是我永恒的唯一 / 070
距离不是问题 / 071
一抹斜阳洒下 / 072
亲爱的,快把我娶回家吧 / 073
改写掌纹 / 074

慵懒的身躯／075

秋千荡漾在夕阳中／076

用尽了自己去掀开你／077

你在我最疼痛的部位／078

反穿睡衣／079

裂帛真爱／080

我愿是你命中的靶／081

奔跑在花开的季节／082

剑锋舔血／083

深夜剃须／084

细细倾听／085

心中的召唤依然如火种／086

雨滴弄疼了我的梦／087

我要走出你的大漠风沙／088

爱和故乡是座预设的坟墓／089

我折叠着我的爱／090

抄袭你的姿容／091

握来握去都不是牵手／092

贪得无厌的姿势 / 094

兵荒马乱 / 095

伤口花开 / 096

灯中的光 / 097

月在床上不忍做爱 / 098

找条路来散步 / 099

请别用长发诱我 / 100

一起劈柴做饭生娃 / 101

玫瑰香打翻了红尘 / 102

叮咬一口嫩白的孤独 / 103

只有今天属于我俩的爱——写给《广岛之恋》/ 104

冷暖厮守 / 106

连根拔起还给我 / 107

险些被你牵挂 / 108

死里不逃生 / 109

别样的欢呼 / 110

手艺粗糙 / 111

怎么可以如此的潦草 / 112

时光雕刻 / 113

原谅我不爱你了 / 115

我只拥有自己一半的产权 / 116

孤旅无始无终 / 117

温习恨她 / 118

相欠无言 / 120

你是我的御姐女神 / 121

寂寞过后 / 122

凭着你的歌声我找到自己 / 123

危险的春天 / 124

怕心被你捅破 / 125

我是你名字围起来的那个人 / 126

我把你爱成日子 / 127

十万光年的密码 / 129

精打细算去爱你 / 130

第三辑　笑傲江湖　／133

总序

公安战士的文化风范与盎然诗情

梁鸿鹰

警察有警察的风范,战士有战士的情怀,他们的文化追求,他们的精神世界,值得嘉许和褒扬。托尔斯泰曾经说过,人类被赋予了一项重要工作,那就是精神的成长。而在人精神成长、内心世界丰富的进程中,诗歌往往可以发挥至为重要的作用。有诗情、会写诗的人,他们更会生活,更有工作的激情和爱的能力。放眼全国公安队伍,杨锦、侯马、田湘、胡丘陵等一大批用自己的业余时间在文学世界里驰骋的人,就是有精神追求、有文化情怀的人,他们有作为人民卫士的博大胸襟。同样,他们以诗人永不衰竭的歌喉,歌唱理想、呼唤美好、维护正义,体现出的独特诗情,体现着当代文学的独有风范。

事实上,在我们这个诗的国度里,诗言志,同时诗向来润物细无声。在当代公安文化的建设中,诗歌起到的作用向来十分突出,奋起、担当与参与,使之成为文化的轻骑兵,鼓舞干劲、激扬斗志、暖人心怀。战士有战士的情怀,属于国家;公安人有公安人的诗情,源于责任。因此,当海地维和武警兄弟遇难的时候,诗人、散文家杨锦用发自内心的诗章接战士们的遗体回家,他感叹"大地在颤抖中将海地揉碎，当加勒比海不再湛蓝，哭泣的太子港撕裂为世界最终的伤口。当蓝色贝雷帽被黑暗压埋，心的碎片像瓦砾般散落，无法捡拾"。而当高原舟曲灾难袭来的时候，杨锦写下《格桑花在守望》，"啊，圣洁的高原之花，在风雨中挺立，不放弃绽放，让希望在高原上盛开"。正是这样的诗情，将大爱播撒，将大义传扬。诗人贾卫国与他一样，诗句里充满阳刚之气。面对抗战的英烈，他感慨"我听见　从一只手的血管里　传来轰鸣的声音/牙齿咬碎了　一粒粒子弹在枪膛里屏住呼吸/今天　当我无意中目睹了这座骨头铸就的壁垒/必须提醒我的孩子　这是大地深处从未停息的冲锋"。而在森林公安诗人孙敬伟看来，祖国永远是诗人情怀中最神圣的所在，他想象的世界，永远把祖国置于至高无上的位置，他说"祖国，我宁愿一生饱尝委屈和痛苦/也不愿意让你受到任何伤害/我的诗是溢满眼眶的泪水/永远也写不尽你的欢乐与悲哀"，这是他深沉情愫的最直接表达。

擅长以理性的批判和清醒的历史意识穿行于社会、政治、历史和文化的公共空间的胡丘陵，在这部诗集里，将诗的实用性与纯洁性区别开来。注重从记忆深处提取经验，叙述经由畅想达到人情、人文、悲悯、忧伤和正义，透露出当代诗学别开生面的美学趣味：超美学、杂美学，即把诗学从形式主义的牢笼拯救出来，进入生命、生存、生态的广阔界面。

诗无疆界，诗无达诂，拥有诗情的人，就像掌握了进入多彩人生与瑰丽世界的魔棒与钥匙，他们也许不想刻意追求成为世上无谓的、假意幸福的人，但他们希望成为拥有对故乡、对土地怀有炽烈情怀的人。正如邓醒群所说，"因为小草，因为粮食，因为生命/从今天起，我只专注/神圣而永恒的土地"。诗情的可贵往往源自眼光的独特，因拥有看世界的独特视角而使诗情卓然，这是足以让人羡慕的。如同云南的公安战士舒显富（芒原）感受的那样，一种对抗岁月流逝的冲动使他躁动不安，他说"冷是暖的石磨/而诗人却和时间缠斗，在树下厮磨/杀书，磨字，饮鸩止渴"，我喜欢这"杀书"的劲道，我欢呼这"磨字"的决绝，一个诗人，假如失去了进入诗意世界的独特路径，无异于谋杀了诗意。辽宁的公安诗人杨明山那些致力于古体诗歌创作的成果，格外吸引人，在诗坛上，能够贯通古今，修得一种亲切自然之功，那是很不容易的，比如他的《七绝·寄远》："迢迢漫道望君时，几缕相思暗自知。却尽铅华一樽酒，清茶两盏再谈诗。"诗、酒、茶、友谊，在他这里浑然一体，言简意赅，同样是因为他掌握了通往诗意的密钥。

我们生活在这个世界上，能够以诗的名义，能够把大千世界缩微在那参差不齐的字句中，能够以蓄意的节奏和随意的韵律表达自己对世界的敬意，把对生活的感悟争取到自己的内心，这种难得的情怀，在逐利的时代显得格外优雅。女诗人刘一民的诗，当歌则歌，当哭则哭，但绝不放弃对深邃与优雅的追求，"比起秋天，冬天更疼我/它从梅花的芳香里，剥出/寂静和风暴，送给我/并让它们将我紧紧拥抱"。这些句子，固然属于女性，但更属于有情怀的战士。而在沈国徐看来，诗是触及灵魂的文体，高于语言、处于文字之外，"能借个地方说话吗/青春不在，故人大多远去/时间就像一把毒药"。这些句子，记录的是对往昔的无奈，在我们的灵魂中，永远留着一块地方，是给一去不复返的东西，在他的眼里，流逝的，更值得记忆，因为可以随时提醒我们，什么才是真正值得珍视的。李尚朝是20世纪90年代成名的诗人，他的诗情来自生活最富于质感的地方，对一个时代的精神状态有着准确的把握。他在其《大雪》一诗里说，"大雪来得正是时候/十个人看见了仆伏的草/一个人看见了站着的树//我在十一月看到一场大雪/像多年前的灰烬漫天飞洒/一个人站着，像多年前的一团火/雪花硕大，他一语不发"，让人看到精神萎靡的人群里那些人格独立的时代形象。而徐国志永远把最本真、最质朴的诗情送给乡间让他温暖的一切，"时至今日　乡间让我温暖/让我俯瞰一片谷穗的碰撞/秋风在谷底　在河滩　牵出/一条溪水　细细的溪水/试图拉起身后的/大山　让我们沿着河滩/贴近谷底　融入溪水的山涧/追溯秋风的底细　回到土地/深处　回到一棵谷穗的饱满"。这种"饱满"是热爱之后的欣赏，浸透了对燕山草木的深情。孙学军的诗歌文本是他内心的呈现与关照，是他自我灵魂的拯救。他的诗歌文本单纯古朴、秀润纤细、凝重酣畅，是他精神思维的再凸显，更多的时候他关注低处的生存现状，并在山河万物、一草一木、锅碗瓢盆以及琐碎的生活物象里参展，扩及自己的精神维度。他的诗既有深度意象的东西，又能通过适当的叙述营造语境，妙在控制力十足。

这些战士有情怀，这些情怀属于当下，连接着过去与未来，属于最美好的精神创造。

是为序。

（作者系《文艺报》总编、著名文学评论家）

自序一

诗,无语

不能离开诗,也不敢靠近诗
我在二者之间咫尺天涯,遥相呼应
一阵温柔的痛,向我奔来
也奔向深沉的月,万家灯火一片孤寂
谁家的诗,在守卫黑夜,守卫月光

不能抗拒诗,也不敢迎合诗
我在二者之间进退两难,外放内敛
一团开合有度的疼,在顶点
完美地塌陷,深渊传回无垠的沉默
爱与诗,在最低处巧合

田野无家,我站在
诗与诗之间,雷声无语
所以,诗也无语

2016. 3. 20

自序二

冬眠不觉晓

吃饱了，就扔下
这个是是非非的世界不管
然后，冬眠不觉晓
待到来年春发鸟啼时
再努力去开辟一片蓝天
留给烟霞作留白

趁风生水起，赶紧
挣钱去，并将剩余的世界
定期存款，以备下个冬眠
诗人呀，除了念念堆叠的远方
除了遥遥无涯的仰望
更需要，眼前的
苟且和房贷

2016.3.20

第一辑

一滴坚韧的水

秘密修度

隐藏多少秘密
才能巧妙地度过一生
依赖多少信仰
才能安然地兴旺发达

一颗狂野的心,需要多少的
美人和花香,才能被驯服
一樽醇美的酒,需要多少回的
烂醉和清醒,才能了却心事

哪里需要意志和坚强
哪里就迫切地需要秘密和信仰
需要,令人神往的
而被需要,更为美丽幸福

烈酒浇灌肉身

一个没有烈酒浇灌的魂灵
有啥资格去谈论诗歌,谈论哲学
谈论一朵桃花微启的声音

一个没有烈酒浇灌的肉身
有啥资格去索要灵魂,索要呐喊
索要璀璨生命的最后归宿

爱是一杯烈酒。爱上帝,爱天地
爱亲人,爱情人,爱世间万物
爱一只蚂蚁背起重物的呻吟
没有爱,没有烈酒
哪有灵肉交融,日月交替

一滴坚韧的水

一滴水,如何转化成泪
一滴泪,如何化成雾变成虹
凝结二百零六块骨头的水
有过怎样的坚韧和隐忍
流经十二条经脉的泪
有过怎样的痛,与天地通电

一朵雪花努力飘进石头里
其间的艰辛,哪里是
一朵花一片叶能明白的了
一滴坚韧的水终于可以
不问结果,用安静来回应
这个世界的浮躁和贪婪
终于可以,灿烂地明媚着
因等待而灿烂的每一天

酱缸里弹琴

一个人弹琴,几个人次第知音
眼神彼此会意,思路遥相注释
谁都不想在一句话上打滑

镜中反照,却把自己一再误读
话筒放大了沉默,烟头失去了
自由的呼吸,酱缸的江湖里
谁来叫醒那个装睡的人

一个人征用了几个人
项庄舞剑,暗度陈仓
墙上的挂钟,敲着桌上的烟灰缸
灯都困了,话筒还在响
窗外的风,像个迷路的孩子
叫个不停

习惯侵占

一颗种子,堂而皇之假以根的
名义,深扎大地的心中
因其缓慢,而让入侵的罪恶
变得理所当然,更因
至死不渝的执著
而让被入侵者的神经,麻木不仁

霸占久了,根下的土壤
似乎就只属于这粒小小的种子
是谁的自私和丑陋,也企图假以
爱的名义,深扎你的心中
生吞你生命的精华
而你,选择熟视无睹

难道,谁强奸了你的母亲
你就得认他为父

把栏杆拍遍
——写给辛弃疾

奔走沙场,泪洒宣纸
英雄本色是诗人
抚马鞍,醉里挑灯看剑
满腔都是热血

刀刻血写,更待沙场
诗人本色是英雄
望长安,且把栏杆拍遍
谁知闲愁最苦

几番风雨,春又归去
英雄不想作诗人
进退间,寒窗更甚风雨
无奈纸上秋点兵

四季疼我

比起春天,秋天更爱我
它从坚果里剥出光阴
送给我,并告诉我,脱了胎
骨头不一定要换

比起秋天,冬天更疼我
它从梅花的芳香里,剥出
寂静和风暴,送给我
并让它们将我紧紧拥抱

春天什么都不缺,有着用不完的
蝴蝶、鲜花和芬芳。它缺素
比如素色素雅素净,而我正素着
所以我自以为,春天应该更喜欢我

至于夏天,不用说
它向来欣赏我,正如干草
喜欢在烈火中永生

喊疼了自己的名字

何为圣洁,又何为婊子
对于带电的肉体,饿死的咽喉
它们应该是同一个词语

一个喊疼了别人的名字
一个喊疼了自己的名字
但它们喊的,都是骨髓的名字

先名后利,或先利后名
向生而死,或向死而生
对这个世界的表达,不外乎
谁先脱去内衣

险些被当成桥梁

有的人在玫瑰花中取暖
又从容地跑到茉莉花中乘凉
而有的人,把桃花吟红了
把草叶唱绿了,却还经常被
无辜的公平,撞倒

有权搬弄是非的人,趁夜色
量体裁衣,将潜伏的预谋缝进
衣兜里。从此
高的更高,低的更低
中间的朽木爬满了名利的苔藓
横跨在布满浮萍的池塘上
险些被当成,桥梁

垄断上帝的尊严

套餐迭着套餐
穿梭于急速袭来的迷局
云里来雾里去

欺诈者,掠夺了袈裟
假以布施者的尊容
一路伪善行骗,暗中掠夺

是谁给你尚方宝剑
垄断价格,垄断上帝的尊严

追赶悬崖的烈马

一匹追赶悬崖的烈马
一味脱缰。谁为谁收起夜梦
去勒住缰绳

千里风雪,冻僵了嘴角
一味退守的先知,形容憔悴
极力克制,不让崖谷的呐喊
撼动城墙

顶端在沉默中塌陷
马蹄如海啸,在风中燃烧沙滩

风铃潜伏着计谋

漂泊的灵魂,被紧紧
维系在骆驼的背上
天涯无垠的沙漠里,风在怒吼

风铃潜伏着计谋
向我不安的心飞来
远处,高高的烟囱视而不见

沙漠乞求的驼铃声
虚弱,如漂泊的灵魂
安静地寝卧在风铃的欺瞒中

请你把灵魂系牢,一定要绑紧
请别随意丢弃在西出的阳关外
那里,真的没有故人

虚度是重新的开始

一股暖暖的伤感
穿越过了千里风雪
一种灼灼的痛感
缄默住了半寸樱唇

终于学会,与山崖对话
终于舍得把肉体里的东西打出来
然后,扔出去
也终于明白,扔得越多
越接近智慧

安静地,思着沸着冷着
日子柔韧,足够抵抗
焦虑和孤独,暖暖的阳光里
看晚辈如春花争奇斗妍
听前辈如秋虫低吟浅唱

一束不明亮的光辉,穿过
超凡的虚度,重新开始飞翔

关闭感觉

请关闭我,关闭
我的眼神,关闭我的声音
关闭,对日渐流行的
弱肉强食、欺骗讹诈的一切知觉

关闭,对横行霸道的
伪善伪道伪科学的一切知觉
请关闭吧,关闭我对这个世界的
应有的责任

我试验,用冰雪封存良知
我练习,将灵魂一片一片
削掉,直至瞬间
轰毁

罪成最美

奔得太快,落下了灵魂
形成锋利的疾风,刮响了石头的
呼叫,刮走了灯塔的祈求

还将月光下城堡的肥美
一层一层削去,剩下骷髅苍凉
一边堕落,一边升华
孤独于不断壮阔的滔天大罪
罪成最美

叶的烙纹

被春雷电过,被夏阳灼过

被秋月愁过,被冬雪死死等过

一片叶,终于涅槃重生

烙下了清晰的纹理

沿着烙纹淋漓尽致的表达

我看见了一块石头的腐烂

看见了一抔黄土的牵情

看见了上面的碑林、塔林和树林

在时间瞬间静止的岔口

我看见了父亲走进天堂的路径

看见了千年挤压的爱恋

瞬间爆燃的烟花

我还看见了

藤蔓生死缠绕、江河恣意纵情

第一辑 一滴坚韧的水

一朵莲花静静地流淌，自顾自美丽

这是一枚经霜的叶
它足以偷走整个世界

认识与不认识的日子

还不认识的日子
我就远远地敬着它
让一夜的风
将其风干成一个,只有自己的课堂
认识的日子,质朴而平常
如年龄,走在记忆和向往的
双向路途之上。北雁长鸣的重量
不同人的感动哪能是一样的呢

认识过的日子
总喜欢掏出自己的心
抛给成群结队的不认识的日子
这是怎样的天真和愚蠢呀
既然不认识,为什么
不把不属于自己的东西
放回原处

不管是认识的,还是不认识的

日子,都稳坐在各自既定的轨迹里
平缓地活着。所有的日子呀
都请不要再左顾右盼了
专心去领悟那个被风干的
只有自己的课堂

色差互补

一颗心,遇上了另一颗
频率相同的心,就会产生共振
将十里柔肠,震断成碎片

一种孤独,遇上了另一种
色差对立的孤独,就渴望被强暴
渴望打破旧世界,建立新世界

频率相同,才能比翼双飞
色差对立,才能脱胎换骨

开通经脉

安安静静地活着
在诗歌的魂灵中探险、攀岩
空气里满是天堂的回音

在大地轻声细语的安静时刻
我开通经脉,与万物交流

生命是彻底的秘密
暗藏爆裂的宇宙,我练功
我开通经脉,为了做一粒完整的
宇宙微尘

山崩地裂的枯树

我爱枯树,爱那
崩裂于地里的秘密
爱那时间和空间所累积出的乱序

我爱枯树,爱那
断裂在空中的力量
爱那伤痕和星辰回传过来的记忆

我爱枯树,爱它
被盛怒掌控的姿容
爱那科技助燃欲望的沉沉灾难

我爱枯树,因为它是
宇宙和人类集结的微缩体
它架起了日月星辰和五脏六腑
最直接的对话通道

我爱枯树,因为我
深深地爱着宇宙的光芒
深深爱着人类的良知和未来

废墟活着

春天睡了,种子醒着
大海睡了,鱼儿醒着
肢体睡了,内心的火种醒着

咽喉死了,呐喊活着
英雄死了,历史活着
历史死了,残垣断壁的废墟活着
石头死了,先人的名字
永远活着

换一种字体书写生命

靠西的那个抽屉
给五月的证词以简单的摆布
随意摆布的,还有人生重要时刻的
原发现场,有意或无意间
留下的指纹和脚印,斜阳和飞花

一切都记录在案,都交付给
时间和智慧,做持续一生
也无法结论的庭审
在抽屉外,在五月颠簸的车厢里
我们何必在意是否公平
何必在意前路将给予怎样的

安排。何不换一种字体
书写宛如流水并时刻发亮的生命
而且,依然存放在那个
靠西的抽屉里

沉默的篱笆

沉默的篱笆
挡住了整个地平线
我坐在屋后,做着白日梦

梦见,自己日积月累的沉默
终于被那无聊的思绪编织成了
一条搏动的篱笆
挡住了无垠的
地平线

我不是诗人

一行乱了序的字,读不懂世界的眼神
不能也不忍假以论真反衬爱的真理
我不是诗人

重新排列了的字,洗不净尘土的喧嚣
丢了魂似的穿梭于人来人往的街头
我无以为诗

字序又乱了,慌慌逃离现场,像被打搅
的蚁穴,寻找新的安身立命之所
我何以为诗

要如何排列,才能让春日的雨,旷野的风
不再渗进纤细的呻吟,拯救灵魂的缺失
我无能为诗

我不是诗人,只是一行乱了序的字

只管往前走

你把岁月交给一部机器
任它在既定的秩序里起起伏伏
你从双眼的深处，挖掘出严谨的语言
只为奔赴一场空洞的文字盛宴
一副面具涂满了语言的沉渣
历史在拥挤的档案室里，失落地哭泣

春天不懂得忧伤
只管在醒目的标题上夸张地笑
被你精心描绘的面孔
转身掩面，不敢审视自己的表情
第二张脸爬满了黄昏的
诀别词，无奈之余
只能用第三只眼睛看潮涨潮落

手紧握着笔，不敢为现实把脉
红色头条行走的江湖，唇枪舌剑
条条都自称真理

每天和镜子之间的对话
提升了现实的高度
为的是配得上你明天的幻想

机器在运转，你也一直不停地往前走
起程和归程，走的，都是别人的路程
不要勉强自己抬头，只管往前走

不一定

说出来的,不一定是疼痛
说得出的,一定不算委屈
哭出来的,不一定是伤心
哭得出的,一定不算绝望

随和,不一定是懦弱
能随和,一定不是懦弱
坚硬,不一定是强者
能坚定,一定是强中强

囚禁,不一定不自由
不自由,才是永远的囚禁
自由,不一定不被束缚
一点都不被束缚的
一定不自由

炒股是一种生命状态

炒股和结婚一样，是一场人生的
豪赌，是一种生命状态的选择
股民和恋人一样，只听得见
谎言和誓言，深信不疑
明知是飞蛾扑火，还是勇往直前
誓把股市炒到底，请看
进攻和坚守的操盘又打出了清单
歪歪扭扭，写着烈士和俘虏的名字

炒股，是一场浩瀚的生命历险
拼的是耐力、毅力和心力
炒家们往往输在战略上
经济学家们往往输在战术上
只有赌徒和傻子是赢家，悬崖不勒马
把心愿化作战歌，听
交易大厅又吹响进军的号角
进场吧，朋友，跟着感觉走

不闻潮起潮落的过往,不问
沧海桑田的变幻。在绝望中等待奇迹
在奇迹中遭遇绝望,K线图跌宕起伏
随意勾勒出被命运的蓝图
在走向丰美或凋零的路途上
股民们急湍奔流,不肯回头。看
又是一个命运的出海口,瞬间的K线图
顺着狂人的脑电波,在急速"过山车"

今天及时赶到,明天赖着不走
虔诚地买进又虔诚地卖出
不断地受伤又不断地复原
一笔一笔记下崇高的
痛苦意识,并专注阅读自己
浮躁而贪婪的心
命运在一次次的交易中挣扎欢呼
浮躁的都市,终于找到了
共同的语言,共同的理想,共同的抒情方式
孤独的人呀,进来整理一下呼吸吧
让自己在漫长的时光河流中
如歌前行
心有所属总是幸福的

冷铁如轻风

墨写的谎言
怎能掩住血写的事实
溶血的铁水
如何凝结成坚硬的泪滴

从最黑的憎恨里挖出魅力
在最深的高贵中养出低贱
冷铁,便如轻风嬉戏
刀剑,便如浮云谈笑

血与泪呀,便是
最美的花开

第一辑 一滴坚韧的水

用尽所有的路来倒退

用尽走过的路来倒退
还是回不到当初的十字路口
一朵莲花急着反照缘起
却在寒风中,被一场秋雨篡改了
路牌。忘我的我,彻悟后
被一缕清风绣在了水面上

白天的月亮和晚上的太阳

白天不是没有月亮
而是太阳的光芒燃烧了整个宇宙
晚上不是没有太阳
而是月亮把所有的夜幕静静凝望
很少有人注意到白天的月亮
一如晚上也很少有人注意到太阳
亲爱的,我就是你白天的月亮
借你眼角的余光和指缝残留的
温暖,守候永恒
亲爱的,你就是我晚上的太阳
借我静静洒下的温柔和轻轻铺开的
温床,休憩灵魂

太阳呐喊,我燃烧了自己
心甘情愿,把所有的阳光和温暖呈现给你
这不是出于我的慷慨和伟大
而是我生命的轨迹,是对宇宙的真切赎罪呀
月亮低泣,我收纳了阳光

心甘情愿，照亮守着黑暗中踽踽前行的人们
这不是出于我的宽厚和仁慈
而是我本源的宿命，是对大地的深深忏悔呀
我无需用死亡来衡量在你心中的分量
你也不必用毁灭自己来证明在我心中的位置
我是你白天的月亮，你是我晚上的太阳
你和我，是宇宙间最完美的停顿

我的咽喉被秋天抓痒了

秋雨斟满了我的酒杯
秋风也趁机拂掠过我那微醉微闭的红唇
从此每逢秋天,我的咽喉就会肿痛
是的,我的咽喉被秋天抓痒了

西医说,我感冒了,得赶紧打针吃药
让入侵血脉的病毒在昏睡飘忽中
与渴望与黎明的梦境一同消亡
我疑惑,麻木的肌体
怎能呼吸到灵魂的颤栗

我不听西医,我相信中医
刮痧、拔火罐,喝酸梅绿茶
我的额头顿时冒出汗珠,涌出激情和诗句
体内奔腾的波涛卷起风暴,赶走了
病毒与秋愁的积水
我的血脉之波,终于迎来了青春的涌动
秋风与枫叶变成了病毒的梦幻
旋转出如花绽放的诗句

千年之后的音讯

我站在窗前,揣测千年之后的音讯
斑驳的心掠过恍惚的愁思,把所有能够
静心凝思的时刻,提前轻轻催促
风景也似乎想要提前了却心事
却又担心云朵被风追落,担心彩虹被阳光
刺破。担心有关遗忘和思念的东西
再也无从修复曾经的残缺

试问,谁能把握千年后的命运
谁能把岁月一分一秒细细漂洗
好让一梦醒来,看清音讯的前方盛开的爱
如一首歌,一个永恒的香吻
向日葵向阳怒放,日子总是单纯灿烂
茉莉香敲响月色,日子更是美好浪漫

不顾一切地爆裂

是怎样美丽的夜晚,我扑向烈火
以生命的极致,不顾一切地爆裂

我知道这是一次破土的重生
忧伤可以忘记,错误可以原谅
一切重生源于不断的自我毁灭
烈火的心中只有美丽的夜晚

时光以最简单的方式
让白天与黑夜交替地过去
为什么,我们不以同样的方式
出发又回归,逃离又重逢
或干脆,毁灭重生

拔除体内贪婪的能量

秋天迎着晨光走在阳台
而我却依然固执地站在夏日
站在夏日的晨曦、烈日和夕阳里
不肯离去,试图用爱的力量按下
太阳高昂的头

我生病了。我知道岁月如梭,物换星移
乃是天理,我知道一粒尘土怎能扭转
星球旋转的角度,爱的力量又能怎样呢
能阻止季节的更迭,节气的转换吗
于是躯体旋转。潮湿的热浪猛烈地燃起
火焰。寂静的咆哮席卷起所有的孤独
我就这样在火中颤抖?不!我要拔火罐
拔除体内贪婪的能量,归还给大自然
归还给这广宇间茫茫无垠的寂静

那些春夏秋冬播下的种子
那些曾经不成记忆的记忆

那些涨起来又落下去的心绪
就让夏季把它们全部交接给秋季吧
我不再固执,毕竟渺小如尘土的我也是
一颗星球,大自然怎会忘记给她一个既定的
位置和轨迹

第二辑

想将一个人慢慢打开

聆听诵读

亲爱的,你可知道
我爱你,始于聆听你的诵读
在最冷的季节里
你手舞足蹈,音律长出了翅膀
于冰层之下
随时光之水汹涌

走过漫长的冬眠,我耗尽了
蓄满的忧伤
寂寞,一如深夜的隧道
密叶低语,谁在拨动我的心弦
诱我浮身上岸
我看到了自己盛开的
姿态

提前依次打开

那是一次没有时间设定的
邂逅，怦然一跳的心动
差点，弹开了星斗旋转的轨迹

为此，一朵含苞的花蕾
忍着痛，提前依次打开花瓣
只为给你一个最佳的位置
省略了举棋不定，省略了
诸多的猜想和羞涩的话语

风铃，录下了礁石的呼唤
也录下了波浪呢呢喃喃的缠绵
爱，波澜壮阔
悄无声息

偶尔喜欢你

偶尔想起你,偶尔喜欢你
只是偶尔,月朦胧鸟朦胧
接了吻,可能要忍受分离的痛苦
但,还是期待,有什么奇迹发生

不敢追求你,也不会追求你
不想让你属于我,更不想让我属于你
是否要使你知道我喜欢你
或许你早已知道,只是假装糊涂

爱情随天气变,每一道风景都唯美
唯有糊涂是通途,不该
让接吻来分离

爱过的印痕

爱,是一枚铁烙的印痕
在欲望的季节里,横行霸道
把青山一寸一寸地爱到了悬崖
把碧水一分一分地
爱到了深渊

上帝呀,你为什么不管不问
上帝说,这事归魂灵管
魂灵却说,山有情水有意
我也不管

一阵风吹过,漫天的风花雪月
在青山与碧水交接的远方
地平线上升起一道
微红的曙光

为何要让自己静下来

暗香浮动的深处
为何要让自己静下来
梅花被寒夜炸开了幸福
泪水所点缀的将是大雪的多情

何不扯一块夜幕，擦拭梦的尘埃
何不剪一片思念，弹奏爱的琴弦
暗香浮动的深处
我纵横心气，追随风月

暗香在腰间扭动

一双尖硬的高跟鞋
支起一个女人婀娜多姿的灵动
暗香,由下而上
似一条水蛇,曲向天空的高歌
风情,在腰间扭动
扭动着蠢蠢欲动的心

我愿把奔腾的心,放进你的高跟鞋里
任由,风雨践踏蹂躏,被臭气深深腌制
能让我炽热燃烧着的爱,追随你的暗香
扭动在你的腰间,我死而无憾

我愿是沧海桑田的土地
任由你尖硬的鞋跟
在我宽阔的胸膛上昂首迈步
一步一个轻吻,每一步都是一枚
带血的唇印,那是爱的烙印呀
那是我为轰轰烈烈的青春
写下的证词,字字铿锵

盈盈一水间

盈盈一水间
谁在挑灯不眠，辗转夜色
思念打湿了键盘，你为谁
再次把邂逅的程序悄悄安装
时间无法设定，场景更无法设定
依次打开的花瓣呀
该如何找到最佳的借口
将自己最温暖的怀抱悄然留下

你的目光深不可测
你的大门虚掩得若即若离
我不敢自由出入
唯一能做的就是偷偷躲进
魅惑强大的键盘里
夜以继日拼命编写爱的密码
好让黎明的面纱瞬间揭开

化学反应

请把我倒入你的杯中
或者，我要把你倒入我的杯中
不管愿意与否，你和我
都应该有一场激烈的化学反应

欲念的酒精熊熊燃烧
我们的爱无需催化剂
杯子在烈火中剧烈震动
两颗心极度挤压的火山，爆发了
我们的爱与太阳一起熔成了宝石
我们的爱与宇宙一同化为了轻烟

喜欢你明媚的侧脸

总想靠近你
好让你的长发拂过我的肩头
你是否也在等我蠢蠢欲动的指尖
偷偷触及你一低头的温柔

总想挨近你
好让你的馨香起伏我的潮汐
你是否也在等我欲语还休的凝眸
悄悄回望你一侧脸的明媚

让我与你比肩走一程吧
揭三月的春幕,柳絮漫天飞舞
让我与你牵手走一程吧
弹一曲东风破,红尘滚滚欲醉
亲爱的,让我与你相知相守一生
直到天荒地老

你在我的体内长出翅膀

你说要离开我
要从我的肌体里剥离出去
说真的,打死我也不愿意
不愿意让你离开我
因为我还深深地爱着你呀,我的娇妻
我想让你久居在我的心中

你一直与我的生命共生,如今
你却说你要一个独立的呼吸系统
要一套完整的消化系统
要自己学会独立行走
你说连体心脏必须分离,你要飞翔

我知道,你在我的体内长出了翅膀
你是一只鸿雁,我的心中没有蓝天
那就让我含泪,成全你的飞翔
成全你完整的人格和思想吧

医生，请举起你的刀
在偏向我的那块肌体上，狠狠地划一刀
保你完整，留我伤口

将幸福藏起

你和我,发微信
且把指尖放慢再放慢些
按键弹出嘀嘀的马蹄声
小心别把娇嫩的幸福吓跑

你和我,手牵手
且把脚步放慢再放慢些
免得落下了灵魂,无以保藏
刚刚登门拜访来之不易的幸福

你和我,柴米油盐酱醋茶
且把灶火燃得慢些再慢些
你添一把薪,我也添一把薪
把幸福慢慢揉在怀里

慢些再慢些
好让每一个美好的日子,都慢慢地
流逝成盛开的花朵

钉子敲进骨头里

多少次,我试着打开她的内心
也试着打开她的肉体
刨子、凿子、锯子和钉锤
工具都准备好了,在我眼里
她是一件待制的木器

我着迷于她的纹理和芳香
着迷于她不堪艳阳,热胀冷缩的断裂
任何衣服,都是生命的棺材
我要打开她,不该为了逃避火药
而错过了火花

斧劈。锯拉。刨推。火烤
每一道工序都不能错失,我要篡改木纹
和线条比例。一阵桂香拂过
我猛地,把钉子敲进了
她的骨头里,春水暴涨的现场
黎明静悄悄……

重整山河在那间

不问收成,埋头耕耘
累积的阳光、种子、蛙鸣声
日渐把你送上重整山河的
崎岖道途

心里兵荒马乱,嘴上一言不发
战火里策马奔腾,红尘里持续超度
原本只想散步,哪知踏上了
漫漫血路

春风化雨,草木啼血如花
爱,没有因果,只有漫漫征程

不是柳眉太浅

不是柳眉太浅,不是粉黛太轻
只因,海鸥再怎么轻灵
也无法读懂,稻花盛开的表情
我已备好了一路的别离
任你海阔天空

不是笑窝太浅,不是泪眼太轻
只因,森林再怎么广阔
也无法留住,云彩自由的飞翔
我已备好了一池的浮萍
任你随风飘荡

不够用

我怕心跳太快,她不够用
我怕麦子高产,地不够用
我怕时间太长,寂静不够用
我怕傻子太多,骗局不够用

柳树松开枝条,我怕风不够用
她走在河边,我怕浪花不够用
露水打湿了她,我怕裤子不够用

木棉花开,我怕蓝天不够用
炊烟弯曲,我怕歌声不够用
夜空浩瀚,我怕星星不够用

她刑讯逼供,来势凶猛
我怕,被她爱着的我自己
也不够用

进退两难

前进一步,是咱俩共同的悬崖
后退三步,是你我各自的悬崖
进退之间,只有一步的生存抉择
一份啼血如花的爱,彼此
不该视死如归

何不退一步,两相齐美
就让爱,保持在最佳的距离
最恰当的位置
死不得活不了,永远的
追求和逃难之中

固化的空气

时间和距离的谈判陷入僵局
固化的空气,十分知趣
及时伸出手,阻挡了
一根针反弹胸膛的速度

在时间和距离的天平上
爱和风都是砝码
亲爱的,请你给距离加个爱的砝码
不要犹豫,也请你给时间加个风的砝码
不用吝啬

如果天平还是无法平衡
那么,就请把那一根针也加上去吧
时间和距离必将会有一个
恰到好处的支点

微波的深处

一根针,不小心掉在地上
轻轻反弹,扎进了我的胸膛
从此,我与针相依相惜
相伴到天涯

触痛间,我把细碎的幸福
秘密收集,微波里,我把装睡的
火山,深深隐藏

心气,不敢恣意纵横
万里风云,任凭雷电交加
寸心沉浮,痴情永不改

一堵墙的思念

一堵墙,把思念隔成两间
大间的屋里,思念自然稀薄一点
所以,显得更明亮些

小屋里的我,思念更黏稠
我小心翼翼,竖起耳朵紧贴墙壁
偷听你的思念,有点稀薄微弱

我使劲听,听见窗外
月朦胧鸟朦胧,听见
想你的夜色更朦胧

写在秋叶上的爱

我把对你的爱,用行书写在
秋天的叶子上
行云流水的梦呀,随着干枯粗犷的
叶脉流向大地,流向浩瀚的大海

倘若千年后的你,途经
寿山村榕树下的河边
不经意间,捡到了一块
有着叶脉纹理的带血的石头

亲爱的,请你千万别丢弃
那是我爱你、爱你爱你的化石呀
市场价一千万,请你妥为珍藏
价格还在继续飙升

刘一民诗选

今夜的月色静悄悄

凌晨,电话铃,响起
一种声音流进了我的血脉
我感觉,爱开始共振了
振波越来越强,中间隔断的
那堵墙,开始摇摆不稳

你向左顶着,我向右顶着
顶着顶着顶着,突然都嵌入
墙壁中,紧紧地拥抱在一起
此刻的夜静悄悄,心跳
回荡在美丽的夜空

我爱,被你爱着的我自己

我爱,你抚摸我秀发时我的娇柔
我爱,你轻吻我眉间时我的迷惘
我爱,你轻捏我鼻尖时我的调皮
我爱,你强吻我嘴唇时我的陶醉
我爱,你拥揽我入怀时我的安然

我爱,你我气息交融时我起伏不定的心肺
我爱,你我秋波传情时我迷醉蒙眬的眼睛
我爱,你我声波相撞时我嫣然一笑的嘴角
我爱,你我灵犀相通时我汩汩涌动的脉息
我爱,和你在一起时我倾情全力时的模样

我爱我的肌肤、我的骨骼
我更爱,我因你而热情涌动的血脉
我爱我的精神、我的思想
我更爱,我因你而日渐高尚的灵魂
一切的高贵和美好,都是因为
你,因为你和我在一起的缘故
亲爱的,我爱你
我更爱,被你爱着的我自己。谢谢!

真爱无言

你的眼睛笼罩了全世界
却为何看不见飘来飘去的我
你的思绪横流五湖四海
却为何无法融进我的一瞥含羞

为何烛花摇倒了孤馆
月夜冷透了桂香
美梦纷飞彩蝶翩翩起舞
兜兜转转飞不进你的星空里
温柔的渴望,海潮四起
起起落落却漫不过你的海岸线

为何一帘美梦出不了窗
为何一片春愁上不了岸
红尘中到处都是无辜的爱
天涯海角处处有芳草
走吧,走吧

灯下默念你

一堵墙又一堵墙,是一间房
一间房又一间房,那是一种思念
我在灯下默念你,灯昏欲睡
我用凝望将它挑亮

起身,斟满一杯烈酒
将自己连同那盈盈的月色灌醉
思念浸泡在酒香里,一半明亮一半暧昧

我在灯下默念你呀,我的爱人
一墙之隔,难道真的是天涯与海角
梦摇摇晃晃,思念的伤口持续发炎

你是我永恒的唯一

你的声音融入了我的脉动
你的眼神融入了我的心跳
你的血液流进了我的伤口
你是我的,是我永恒的唯一

我的伤口很新鲜,你刚刚撕裂的
我的心跳很慌乱,你随手撞击的
我的眼睛布满了血丝,是被你的美丽
刚刚烧焦的呀,你可知否?我的爱人!

你是我的刽子手,我心甘情愿的刽子手
我是最幸福的天使,因为伤口花开

距离不是问题

地的尽头，是天涯还是海角
爱的尽头，是天堂还是地狱
距离不是问题，只要
脚踏实地，只要心中有爱

我站在天涯海角，听见土壤萌芽
我走过天堂地狱，沿途的旅程如歌随行
距离不是问题，只要记住旅馆的门牌
只要留住笑着离开的神态

忘掉天地，忘掉昨晚的自己
就算两鬓斑白，也不对距离耿耿于怀

一抹斜阳洒下

骤雨微微歇下来,我深呼吸,长吸一口
初夏的气息。我们手拉手笑呀跳呀
一抹斜阳洒下,光影斑驳,满溢清香

骤雨微微歇下来,晚霞染红了西边的天空
我们侧耳倾听岁月的回响,相视而笑
笑语声声醉,欢乐层层叠叠

骤雨微微歇下来,绿荫清新,铃声轻摇
夕阳照出一脸的黄,还点亮了剪影的轮廓
太好看了。我凝固眼泪,细细看着你

亲爱的，快把我娶回家吧

当彩虹俯首点染花朵的色彩
我知道，为什么你的歌唱
会让我翩翩起舞
当花儿含苞依偎在大地的怀抱
我知道，为什么你的拥抱
会让我安然入眠
终于明白，你才是我的家
我唯一永恒的归宿

天色已晚，燕儿欲归巢
谁在梁间呢呢喃喃叫夕阳
节气渐冷，床铺已添被
谁在远方叠起漂泊赶回家
雨打芭蕉又潇潇了几夜
亲爱的，赶快把我娶回家吧
为我们的爱，安一个美丽的家

改写掌纹

当头顶流过你的声线
当眼前划过你的身影
我就知道自己回不到原来的路
认不出原来的自己

无名指套上了你送的指环
两条街走进了同一个世界
解不开的缠绕,改写了掌纹
我知道无以逃脱

我拔掉身上的毛刺,遍体鳞伤
为的是相拥时,更适合你的舒适

慵懒的身躯

慵懒的身躯躲进你的臂弯里
我感觉自己是最幸福的人
我爱自由,爱上你就只喜欢枷锁

等着你的体温驱去寒意
芊芊微颤,每一秒都被你操纵
我爱思想,爱上你后
脑电波全都在追随你的呼吸

着迷于你的力度和温度
抱得紧捏不碎,热可沸烫不死
我享受这拼命的折磨
慵懒的身躯,可溶可化可再生

秋千荡漾在夕阳中

两架秋千，在夕阳的林中
一齐向着美丽的天空荡去
整齐的步调似乎在宣告，世界只属于
我俩，只属于我俩的完整和美丽

不知何时起，你和我老是擦肩错过
在跋涉的影子里，失望地看着
对方荡向高处的背影
重合又分开，又重合又分开……

擦肩错过时的握手，发出细微的响声
如烟如梦，飘向美丽的天空
虔诚地期待下一次的重合
重合意味着分开，把期待夷为平地

像是两片飞翔的秋天，努力回应
对世界的怜惜，交错的背影
在静静倾听灵魂的真实碰撞
在夕阳的林中，起伏着岁月的绿洲

用尽了自己去掀开你

你躺下我决堤,掀开你,像掀开
一面大海。我知道不该对你巧取豪夺

我冒着被唾弃的罪名
订出最优惠的政策,去掀开你
我冒着被沉海的危机
辟出最霸道的路径,去掀开你

我穿过,蛙鸣弥漫的田埂,去掀开你
我越过,夜来香袭击的窗棂,去掀开你

为了掀开你,我盗走了
一个村的美人蕉、黑蝴蝶和水里的倒影
还盗走了一位探险浪人珍藏箱底的胶鞋
为了掀开你,我用尽了
心思、慈悲、爱恨和离别

你在我最疼痛的部位

你在我的心间,在我最疼痛的
部位,精心检视流经的每一滴血浆
入侵者以主人自居,可我愿意

你在我的眼角,在我最敏感的
部位,把控或喜或悲的每一滴眼泪
魔鬼以上帝自居,可我愿意

你在我的皮夹里,在我最宝藏的
密室,掌控人民币的前途命运
偷盗者以受害人自诉,可我愿意

我愿意你在我的世界里烧杀抢夺
因为我爱你,别无选择

反穿睡衣

今晚我反穿睡衣,选择忧郁
身体空荡如风,睡衣空荡如风
此时,梦也空荡如风

梦中,你若即若离

我沿着梦径不停地走向你
突然被一株小草绊倒
此刻,雪,静静地燃烧

裂帛真爱

火焰一般,阵阵都是初恋
洋葱一样,层层都是内心
驻足中流浪,神秘里狂欢
行走,劈柴,洗衣,做饭,歌唱
走向真爱的人,行者无疆

多少玫瑰插在枪杆上
多少烈酒洒向火焰里
吵架中拥抱,分离后相恋
撕裂围困不惜重整河山
裂帛真爱是最纯的火焰

我愿是你命中的靶

漠漠的轻阴,悄悄化开
薄薄的春寒,独上高楼
我在细数挂在墙上的秒针
滴答滴答,敲尽我帘卷天涯
爱,韧如钟表,我愿是你命定的指针
爱,坚如子弹,我愿是你命中的靶心

奔跑在花开的季节

春天的阳光里,我奔跑
我听见风儿吹散刘海的声音
丝巾遮住了眼睛
我看到了,青春潜伏在
丛林深处的惊鸿一瞥

我的奔跑是盛开在花季的
风,是愤怒的琴弦上弹跳出
的缠绵的思念,是流星划过的
灿烂呀,是大地知根知底的心跳

和我一起奔跑的
还有蝴蝶、蜻蜓和爱情
还有一杯浊酒的豪气冲天
亲爱的,和我一起奔跑吧
去追逐一片蛙鸣的无所畏惧
去追逐一片云对一座山的深情眷恋

剑锋舔血

我要你酒后的豪言壮语
我要你澎湃的青筋，狂野的肉体
我要你的金钱、你的房子，还有你的母亲
我要你，这颗征服世界的
勃勃雄心

我要你孤独的智慧和定力
我要你开闸的哭号，仰望的双眼
我要你的穷困、你的潦倒，还有你的外婆
我要你，大漠孤烟里驰骋的
执著和苍凉

我要你单刀直入的爱
我要你剑锋舔血的爱
请不要赠我以玫瑰，我不要
我不要你的感动，我要
被你征服

深夜剃须

这把剃须刀,是你送的生日礼物
如今,它已经变成了我的敌人

离别后的每个深夜,我都要刮胡须
心事在脸上画圈,回甜的香吻
盲目地盘旋,有谁知晓我心碎的疲倦

沉郁统治着无声的院落,孤独熔断了寸寸肝肠
亲爱的,此刻你在哪里,是否也惦记着我

夜很深,我还在刮胡须,刀片丝丝入扣
亲爱的,可否再分一枚惆怅,供我愁死
可否再分一丝离情,供我苦死

细细倾听

河口在倾听自己的源头
细细地听,我也细细地倾听
趴在你的唇间听,听你源头的心跳
窗外,风轻雨朦胧

谁在倾听遥远的星月
细细地倾听,星月落地的声音
我的花园满是它的碎片
小心倾听,别踩断了源头

窗外,风轻雨朦胧
我在唇间倾听你的心跳
倾听星月的源头

心中的召唤依然如火种

你说我们已到了行程的终点
而我心中的召唤声依然如火种
多么希望携那晚的月光
继续与你前行
或者至少请你稍作停留
容我修改那些不该发生的错误
整理一下出发时许下的诺言

既然剧情必须结束在黎明前
就让欲望停留在结局之前的站台
然后转身再转身重新开始
开始点燃自己
照亮你远去,又隔几重山

让我那如雪又似火的愿望呀
蜿蜒伸展,伸展到最深的谷底
如果多年之后,一个相似的夜晚
你我偶然相遇,你是否会恍然记起
昨夜那些燃烧的诗句,然后再次把我
带上旅途,风雨兼程

雨滴弄疼了我的梦

雨滴来敲窗,弄疼了我的梦
看得清世界的眼,却看不清你的脸

只好吞下石头,让绝壁耸起
只好喝下沧海,让峡谷回溯
梦痛,并不代表灵魂的颤栗

退守到梦里的歌,在风中
燃烧枫叶

刘一民诗选

我要走出你的大漠风沙

看你，盼你
好似西望戈壁大漠
纵然是爱你血流成河
也无法燃炽你的点滴炊烟

回首，再回首
红尘滚滚已是一泻千里
纵然是爱你泪流成灾
也无法遮望你的漫天风沙

王维，请别为我斟酒送行
岑参，请借我瘦马寒星
我要西行，我要走出你的大漠风沙
风沙里，留下我的挚爱如荆棘

爱和故乡是座预设的坟墓

没有亲人埋葬的地方
哪能称得上魂牵梦绕的故乡
没有爱情埋葬的地方
哪能构筑坚不可摧的婚姻
一份弥足珍贵的爱
为何令人敬畏和永恒的念想
因为它是埋葬在婚姻的故土里

请给爱留块墓地吧
心绪微微起伏的时候,炒几个小菜
点一炷心香,给它一个
最虔诚最高规格的祭奠

我折叠着我的爱

我折叠着我的爱
像天空折叠着它的海啸
像将领折叠着他的战场
像山峦折叠着它的长河
大地和苍穹之间
谁在折叠那些静静的聆听

爱折叠着我的骨骼
像海啸折叠着它的天空
像战场折叠着它的将领
像长河折叠着它的山峦
忽空与忽满之间
谁在折叠着那些沉沉的倾诉

抄袭你的姿容

月亮抄袭太阳,而我抄袭你
日夜抄袭,你所有的喜欢

你喝过的茶、用过的筷子
你逐一升级的悲伤与荣辱
还有你那沉默的姿态,仰望的角度
我都抄,甚至是
你喜欢过的或睡过的男人

如果你的心是空的
我愿抄袭你长驱直入的风

握来握去都不是牵手

你走近我,我走近你
一个拥抱的距离就隔在那里
爱不浓也不淡,飘来飘去的都是云彩

你握我手,我握你手
握来握去始终都不是牵手
爱可聚亦可散,始终保持一个拥抱的距离

你转青山,我转绿水
转来转去永远也转不到一起
爱左拐也右弯,擦肩而过回眸一瞥情几许

你瞭望我,我瞭望你
望来望去始终没有交汇的轨迹
爱星星伴月亮,距离是你我永恒的美丽

一个拥抱的距离到底有多近
相依似天涯,天涯亦相依

第二辑　想将一个人慢慢打开

一个拥抱的距离究竟有多远
相知似相融，相融更相惜
门槛栅栏，默然相爱
隔岸灯火，寂静欢喜

贪得无厌的姿势

侧卧，微醉如山
这是你贪得无厌的姿势，恰如其分的角度
正好，要到了最多的阳光和雨露

侧卧，微澜如琴
这是你贪得无厌的姿势，恰如其分的力度
正好，奏开了最精妙动听的乐曲

侧卧，神圣如经
这是你贪得无厌的姿势，恰如其分的速度
正好，翻动着最经久耐用的梵音

四季是张床铺
你侧卧，在精打细算的春天里

第二辑 想将一个人慢慢打开

兵荒马乱

三十度的倾斜,终于支持不住
突然倒塌。从此,无数个我流离失所

兵荒马乱的世界,我拔剑望明月
剑无声,将自己杀个尸骸遍野
只剩母体,孤注一掷

当血性回流沉默,当繁华飘过寂寞
我将世界轻轻打开,又轻轻合上

刘一民诗选

伤口花开

这么多年过去了
你还在我的伤口聚集
你总是腾出敏感的地方
专供我痛肝痛肺又痛心

伤口被世俗隐瞒
捂住了又被自己欺诈
一杯酒何以了却心中事
是谁梦断预设的独木桥

刀刃上走过多少爱
才足够我一生的幸福
多少眼泪回流到内心
才足以告别你的千山万水

灯中的光

别说你是灯中的光
只能照亮一米的地方
对我来说,那一米便是
整个生命

别说你是灯中的光
总是流淌在忧愁的河流之上
对我来说,那淡淡的忧愁便是
整个爱恋

亲爱的,你是灯中的光
是我生命里最宁静的声音

月在床上不忍做爱

十点，月在二楼
穿窗而过，留在我的床上
十五圆满，特别的明亮

我和她赤裸酮体
手牵手，流浪在月光里
月色好轻好薄好柔呀
里面尽是柔软起伏的山坡
花的香漫不经心，带着安详
风轻轻拂过，不敢招惹花的情绪

月色薄薄的愁绪里
我俩赤裸酮体，不忍做爱

找条路来散步

你只是别人情感的缺口
没有观众却要冒险上演
中途谢幕是必然的终结
那朵玫瑰花不可能种在你的眼里
纵情过后,一声叹息飘飘如雪花

这只是一场破碎的相遇
没有答案却要预设题目
大门紧闭是必然的结局
暂时的花怎能配得上永久的枝干
全身而退,请试着找条路来散步

但愿迷失的浪花,漫过边界
但愿你能够在阳光下寻得一条路
携爱人的手,携孩子的天真
慢悠悠地,去散步

请别用长发诱我

请别用曲卷的长发诱我
你的长发是妖娆的蛇
有着大剂量的毒
有着艳丽的令人窒息的魔力

请别用曲卷的长发诱我
你的长发是最耀眼的霓虹灯
吹响绚烂的彩球
灼烧着无可救药的欲望

亲爱的,请你赶快剪掉喧哗的
长发,还我安静的秩序

一起劈柴做饭生娃

落日在操心整座城市
而我只想在郊外和爱人一起
劈柴做饭生娃
抖掉衣裳里的忙碌
梳去头发里的烦恼
然后手牵手拾级而上,去登临
落日余晖中的茶香

从前的郁郁葱葱
就交给一枚干枯的菩提叶
以往的灯红酒绿
就交给一弯清淡的新月牙

剩下的,就请你
抖一抖衣裳,梳一梳头发
倦鸟似的,迎着迷醉的夕阳
软绵绵地,倒在我的怀里
听床板嘎吱嘎吱,唱响浪漫
唱响原野上絮絮叨叨的寂静

玫瑰香打翻了红尘

玫瑰的香,不小心
打翻了一砚新磨的墨汁
一地乱麻,心思系何处
滑落了多少问号
才倾诉得起曾经的缠绵

来不及喟叹,墨汁已干裂
纸上被点破的千千心结
是否被妥为收藏
此刻的夜幕,很沉很沉
曙光怎能将它打开

叮咬一口嫩白的孤独

风止了，树枝依然在摇曳
撕扯着酣眠的夜来香
一只蚊子，猛地
狠狠地叮咬一口嫩白的孤独
流出了红色的渴望
在林中的月色里袒露

月光撩拨无法熄灭的火花
灿烂着一簇阵阵的欣喜
树枝依然在摇曳
摇出了春风，拨动心弦
此时，夜慢慢地睡
夜来香不堪扶持
醉倒在月色里

只有今天属于我俩的爱
——写给《广岛之恋》

昨天不是我俩的，明天也不是我俩的
只有今天，属于我俩的爱
二十年后再相会的今天，迟暮三春
不问有几多愁，春水东流又何妨
给我一杯酒吧，喝尽曾经渴望的故事
就算没有明天，今天也要不顾一切

不够时间好好爱你，也不够时间好好恨你
一生太短，抓不住指缝间溜走的爱
二十四小时够长，爱尽了滚滚红尘无度
给我一支曲吧，伴你合唱荡气回肠的歌
就算还有明天，今天也是最后一天

摆柳腰，折尽了花心
落浓笔，填满曾经的空缺
终于走到生命最深的内殿
光亮璀璨的爱，雪花绽放如礼花

给出一宿的欢叫吧,化作丢不掉的
名字,绽放一生的记忆
就算往事结疤,今天也要撕开伤痕

冷暖厮守

一碗热汤两把汤匙,一根油条两份缠绵
人生最美,莫过于一日三餐的厮守
紧握筷子,将细小的疼痛
化为清晨的露珠

燕儿在屋檐下筑巢,小狗在墙角边做爱
冷暖厮守,无异于愚公移山的坚韧
月换星移,将漫长的冬夜
化作春雪的热吻

朴素胜过百般的娇媚,信念将悬崖夷为平地
最美的风景,莫过于八十公分的灶台
不登高不沉潜,那正是女人
征服世界的烽火台呀

当你老了,我也老了,我想
我们共同厮守的火炉,也会渐渐老去
我们依然会手牵手,深一脚浅一脚
在被看惯了的春华秋实里,继续看春华秋实
在被看惯了的灰飞烟灭里,继续看灰飞烟灭

第二辑　想将一个人慢慢打开

连根拔起还给我

你波澜起伏的胸脯
有我种植的十亩玫瑰
请你还给我，连根拔起
然后，我就离开

你姹紫嫣红的春天
有我日夜耕耘的坚硬铁犁
请你还给我，连同铁锈
然后，我就离开

请拿出，你的身体里
属于我的那一部分，还给我
不然，我就赖着不走

刘一民诗选

险些被你牵挂

不小心,把名字丢在了
你的梦中,不小心,把眼泪
流进了你的心里
趁梦境还不深,睡眼还蒙眬
赶快抽身逃离吧

险些被你牵挂,被枷锁紧紧套住
八百里云和月,我只要风轻云淡
只想爱一点点,被爱一点点

月色不该抒情
就让我勇敢倒退,心血来潮的
傍晚,赶快走吧,走吧

死里不逃生

你把病毒放在床上
我把指尖放在你的腹上
抽离不出感染瘟疫的毒芽
分岭不出融为一体的潮汐
风云际会，我无力阻止这场病毒的蔓延

时间没有走错方向
地点定位准确无误
你举起钢枪，气势不转弯
我坐等待毙，不惜为爱捐躯
你在战火里纵情驰骋，死里不逃生
我在鸦片里作茧自缚，醉生也梦死

难以全身而退，我只能选择就地毁灭
一个愿打一个愿挨，人生最大的快乐
莫过于，如此这般殉道

别样的欢呼

爱得,死去活来
离得,也无牵无挂
泪不一定为你而流
爱或许是另一种伤害

此刻,又是一个渡口
我们是否就此转身道别
没有亲人逝去的地方
哪里称得上梦牵魂绕的故乡
没有爱情埋葬的屋子
哪里够得上一个风雨不倒的家

日子,终会磨去爱情的光泽
磨出黏黏巴巴的幸福
所以不要伤心害怕
不管是伤春,抑或悲秋
都是生命里不可或缺的情节
哪怕是绝望的泪水,也是一种幸福
那是别样的欢呼呀

手艺粗糙

她说,我做得有些粗糙
但喜欢,喜欢手掌的粗糙
喜欢指尖的干裂
她说,只有这样的粗糙这样的裂痕
才能拽住一朵花的尖叫
对待绵羊更要狠一点才够味

窗外的雨越来越大
火花只管往深处蔓延
往香辣的味道里蔓延
她说,梦有点疼,但喜欢这种
火针淬刺的感觉

怎么可以如此的潦草

她的青丝、体香、曲线
怎么可以如此的潦草
婴儿初乳，铁蹄桀骜
倒影婆娑，战火纷飞
所有的猛劲，都画不出她的
潦草，我要用什么来制服
一只绵羊的蓄意挑衅

她含血的眼睛、带刺的尖叫
以及熊熊燃烧的灶膛
怎么可以如此更加肆无忌惮的潦草
地震了吗？火山爆发了吗？
还是天塌下来了吗？哦，都不！
那我要如何应对一只猎豹
下达的战书

时光雕刻

纹理细腻，芳香缠绵
美得有些不忍下手
但再美，如果没有我的参与
都不是完美。试问，没有石头
河流哪来调皮可爱的浪花

目光是一把软尺
爱是一把雕刀
而她是一块柔软的檀香木

与她初遇的春天里
我把心跳雕进她的倒影里
我把唱词雕进她的曲调里
我把鲜花、蝴蝶和月亮的美
雕进她的梦里，敲敲打打
她成了我心中的女神

时光穿梭的岁月里

我把锅盆瓢碗雕进她的细纹里
我把抹布、蚊子和孩子的梦呓
雕进她指肚里
千年浸透的暗香呀，就这样
默默地流淌在我的刀下，我是罪人
不是工艺美术师

原谅我不爱你了

晚风在天空中低吟
辽阔的夜,因你不在而更辽阔
原谅我,把昔日放逐,把你放逐
把自己的心,放空

过去的吻,开合无度
将明亮的灵魂,夜夜奏空
今夜,只想一个人雪中弹琴
希望另一个人暗中知音

我只拥有自己一半的产权

对于整个的自己
我只拥有一半的产权
另一半,拿捏在你的手里

十里断肠,经久耐用
你可以随意打结或重新编排
没关系的,你高兴就好

心室开合无尽
絮语千万,你也可以
充耳不闻或随意调试
拧紧点或松开点都没关系

怎么装修,由你
因为你拥有我生命一半的产权
和全部的使用权

孤旅无始无终

咖啡浓得一塌糊涂
融不进玫瑰花的一错再错

说好喝完这杯就去远方朝圣
那里有草原有群星,有寂静的仰望
可你总是有事有事、又有事……

孤旅,无始无终
咖啡一杯又一杯,喝着喝着
一池青春就淌光了

天又凉了,是谁的脚印
隐藏在纷纷的落叶下,辉煌无度
今夜,我独自将自己
挥霍一空

温习恨她

起得早,灵魂还有点潮湿
我就开始温习对她的恨
一页一页地温习

第一页,忧郁的码头
月亮正流浪于海鸥的飞翔里
我突然遭遇了一双大眼睛
我赶紧跑进字典里,翻箱倒柜
但一时找不到一个恰当的词
去回击她的美丽

第十页,晴朗的码头
我拉上窗帘,耐心搏击黄昏的缓慢
然后,把她放在纸的正面
把自己放在纸的反面。一起
翻身打滚。排列成璀璨的阵容
从此,我丢了魂

第一百页，夜被击碎
蓝色的星星在远处颤抖
趁夜色不备，她一下偷走了
被月亮的露珠滴落的我的心
之后的日子，月宫无回音
我不甘，最后失去痛苦
从此我起得早，习惯破晓之前
认真温习恨她

相欠无言

爱与不爱,不是应该或不应该
而是需要或不需要
欠与不欠,不是愿意或不愿意
而是接受或不接受

有的人越爱越轻,越轻反而越爱
有的人越离越近,越近反而越离

谁能在爱与被爱之间遥相注释
谁又能在欠与被欠之间两全其美
你欠我来,我欠你
相欠无言,相爱一生

第二辑　想将一个人慢慢打开

你是我的御姐女神

明知你爱我，只是寂寞时的一场高烧
也明知高烧过后，你也不会在乎我
因思念而久咳不止，但我仍然愿意在
忽冷忽热之中，享受爱的疼痛

除了你，我拒绝任何方向
除了我，你可以拥有更亮的方向
我愿做你驰骋沙场的备胎
一路紧贴着你的体温潜行
路途在变，痴情不改

我将尊严放下，低头做你铺路的地砖
我将心暗藏在冰箱的底层
随时随地为你解冻
落雪纷纷的夜晚，我愿燃成篝火
来烘烤你的玫瑰，亲爱的
你是我的御姐女神
我愿做你一生一世的备胎

寂寞过后

也许,你爱我,或我爱你
都只是因为寂寞,也许你和我在一起
不过是谁也没有更好的去处

最初的诺言,夜夜袭来的海潮
也许只是在试演爱情,或在描摹红尘

寂寞过后,就好好收口
比如,熄灭一支蜡烛
让临窗的光线,沿着雨水飘落的方向
渐渐暗下来,照不到彼此的表情
照不到滔滔不绝的习惯

习惯过后,就赖着不走
当自由赖成了监狱,当沧海赖成了桑田
爱,便是永恒

凭着你的歌声我找到自己

凭着你的歌声
我有了密径,去寻找我自己
我有了知觉,去摸索我的世界
它领着我,挨家挨户去走访
将无数个洒落在异乡的我
辨认收集,放进我的世界里

你的歌声不断扩大
我的世界也在不断地扩大
像一个巨大的透明的水球
将无数个我,连同
月亮、太阳、森林和大海
一起圈进了我的世界里

我不再孤单
我的世界有着完美的芬芳
绽放在心灵的深处

危险的春天

眉宇间,隐着危险的春天
身体里,布满城市的痰盂
无数次被世俗征用
无数次在自己的内心
紧急遇难

肌体破旧,因浓妆更憔悴
心有伤痕,因月圆更残缺
金钱逼出喜怒哀乐
你咽下苦药替他人清热解毒

是谁在烈酒里,烧伤掠夺
是谁在美色中,兵荒马乱
道德咆哮的法庭上
你是原告更是被告
法官无语,无语的还有
妓女的黑洞,城市的痰盂

怕心被你捅破

剪影把天空交给了麻雀
我怕墨迹不够清晰
麻雀把夜晚交给了萤火虫
我怕夜色不够昏黑

怕雪被弄脏,我将
飘落的梅花倒挂在天边
怕心被捅破,我将
赤裸的尖叫倒扣在风中
心开始平静
我怕信仰抱得不够紧

刘一民诗选

我是你名字围起来的那个人

你的名字,是门窗是篱笆是狗狗
是柴米油盐酱醋茶
我是你名字围起来的那个人
我是一直忙于筑造这道围墙的那个人

我给它砌上四季的砖头
我给它涂上青春的砂土
认真地砌,仔细地涂
唯恐这个名字上留下一个孔隙
谁敢图谋潜入,把她轰出去
谁愿舍得冲出,请他滚出去

第二辑　想将一个人慢慢打开

我把你爱成日子

年轻时，燃烧了整个春天的爱
在千帆过尽，大浪淘沙后的今日
才真正明白，原来当初
我们热烈拥抱的，只是彼此间的
一点内容，并非完整的拥抱

就像雷电点亮的只是
天空的一角，或是时空的一瞬
就像浪花激活的，只是海岸的
一弯，而非整块的大地

如今，我们的爱
让昼与夜交替着过去
在浪潮的来与去之间，要的只是
一点淡淡的阳光和淡淡的花香

在每一个温柔的夕暮里

互相呼唤着，彼此曾经呼唤过的
名字，你把我，我也把
你一寸一寸地爱成日子

十万光年的密码

苍茫无际的宇宙里
我走过十万光年的等待
把山峦等成海湾，把沧海等成桑田

你从中世纪的清晨出发
穿过发光的珊瑚，越过云里的山峦
从树叶遮羞到一身锦衣

不知轮回了多少次的
青丝与白发，眼前与天涯
你我，终于在此地相遇
我以石头的名义与你凝咽对视
你以雕刀的身份与我默然对语
手指的天意，终于揭开爱的密码

如果爱你是我前世的债
那么，就让我做你最完美的俘虏
任你操起誓言之刀，把我慢慢地
雕琢成你心中的模具

精打细算去爱你

当我老了,心上的杂草渐渐枯萎
尘世和杂物也次第消失
我要珍惜时间,精打细算去爱你
让空下来的心,与你细细推敲一杯酒
让无边的宁静,一寸一寸攀过远处的高山

当我老了,或许输光了所有的技巧
但是至少还有你温柔的手
我要珍惜时间,精打细算去爱你
让双翼歇下来,与你慢慢推迟时光前移
让歉疚的傍晚,一点一点偿还欠你的敲门声

当我老了,即使赢得了所有的名利
也将是两手空空虚华一场
我要珍惜时间,精打细算去爱你
让诚实的镜子,努力模仿来世的模样
在缘起的地方,好让你在人海茫茫中认得我

第三辑

笑傲江湖

一

浪漫,是把灯光调到
看不清,誓言变幻的表情

二

收藏,是试图对历史和艺术的
记忆和细节,实施霸权

三

一粒沙站在石头面前,石头是一座山
一粒尘埃站在沙粒面前,沙粒是一座山
爱人站在我面前,便珠穆朗玛峰

四

一杯咖啡,静坐了四个小时
一抹斜阳陪着示威,我闭上眼睛
逼灵感现身,去安抚,被子里那些
骚动的文字

五

走进石头,便是走进
繁星的梦呓里,走进深深的平静里

六

爱的世界里,或许,收成与耕耘无关
有时,重整山河是最好的出路
让爱,没有因果,只有亲密无间

七

谁拥有万能的钥匙
谁就将成为酗酒的牧师

八

当你注视宇宙的苍茫时
便拥有完整的自己
当你漠视一株小草的卑微时
便失去完整的自己

九

根,在地下翻动泥土
为的是,替树梢召回种子的呼唤

十

当婚戒忘记了誓言
当利剑不再倜傥风流
爱情便成为陈列记忆的博物馆

十一

当桂花把月色飘出了芳香

当瓦砾把灰尘积出了重量

那就是最伟大的坚守

十二

小溪匆忙流向大海

浪花却急着重回大地

我行色匆匆,不知是小溪还是浪花

十三

多少人累死在优点上

还好有一个确定让他春暖花开

十四

在沉睡中打开世界来做诗

在静默中关上世界去吟诵

诗词寂寞成自由

十五

铲土机嗡嗡响,铲断了亡灵的手指

铲断了一座小城的历史,铲断了晨曦里

微微泛起的地平线,月亮掉进了黑暗

十六

流浪远方
是为了紧紧拥抱自己

十七

我租下你的爱情,却赶不走你这个房东
租期未满,我提前走人,定金就算了

十八

月色如花,开在水中
我乘着夜色,跳了下去

十九

因喜欢带来的忧愁,将不再忧愁
因失去换来的拥有,将不再失去
因放手得到的牵手,更牢固
因回望看到的风景,更美丽

二十

证据凿出的纹理
是执法者最美丽的表情

二十一

面具戴久了,就长在了脸上

二十二

往自己的心海里，投掷了一枚金币
本只想试探一下回响的绝音，不料
却奉上了我一生的倾注去读海

二十三

你赖着不走，我也赖着不走
当自由赖成监狱，当沧海赖成桑田
爱，便是永恒

二十四

月色皎洁，我穿针引线，缝补断肠
不小心，剪断了远处的琴声，此时
风把你的目光，刮到我的心里，碰出了声响

二十五

备多少花，才足够一夜琴声销魂
活过多少次，才足够一次完整的死
难怪，那颗柔软的子弹，拼着命去死去活来

二十六

一根铁棒，穿行于蚀骨的疼痛和隐忍
磨成了细针。日子是块磨石

把爱情戳磨成婚姻的模具

二十七

心被穿透了,溶进了岩浆热切的沉默里
冻结的心依然跳着,爱找不到逃亡的理由

二十八

天色暗下来,月亮趁机潜入水中
我饮着缓慢流动的星光,去打发漫长的一天
去虚度短暂的一生

二十九

河水,在等待大雁飞掠而过
竖琴,在等待知音扼腕叹息
我在等待爱人的暴风骤雨

三十

今夜的痛苦,清澈见底
月色正轻轻地将其打捞

三十一

四季空寂,容得下万籁俱寂
却容不下一盏枯黄的灯,因为它
惹不起风花雪月,惹不起思念呀

三十二

谁把英雄劈成两半
一半去吞噬世界,一半被世界吞噬

三十三

一杯淡茶,安坐在诗词里
专注一场雪的来临,关注一只蚂蚁的命运

三十四

我的心纹理细致,但抗震抗压抗冷风
你的心纹路粗糙,也耐温耐寒耐烈酒
你我的世界里,呼啸苍山断崖

三十五

故事的结尾无非别离,死一回又何妨
这般殉道,胜过寂寞剃度

三十六

海鸥,优雅地划过晚霞,为了觅食
下海讨生活的我们,也要学习海鸥
以优雅的风姿,以朝圣者的心谛听远方

三十七

花朵的等待,让夜色潮起潮落

茉莉淡淡飘香,让鸟鸣柔情似水

三十八

预感到,日子可能到今天为止
我抢先一步说再见,把美好定格成尊严

三十九

牧师可以在祷告中迷路
法师可以在诵经中失智
唯有母亲的爱,是世上唯一的真理

四十

沉默,打开的将是整个春天
冷铁,打开的将是整个夏天
我爱默然冷艳,冰火两重天

四十一

梅花拥抱寒雪,期待黎明到来
雪莲拥抱峭壁,期待细水缠绕
梦想只想拥抱蓝天

四十二

五百年太短,只够修得同船渡
一刻钟太长,足以告别千山万水

四十三

地图上的爱,没有沟壑,没有漩涡
你随意指点,弹指之间,我却要跨越
千山万水,而你只冷眼隔岸观火

四十四

碧云天太近,伸手要得山水情
黄花地太远,红尘滚滚,遮断了望眼

四十五

名利之外,我另辟十里花丛
听云海苍茫、听虫草萌动

四十六

越来越近,却从不接触
若即若离之间,心有余悸
一天抵一年,甜蜜隐忍手心

四十七

石头与寂寞,彼此只是喜欢
莫把它夸张成爱

四十八

爱得那么迫切,离得又那么急切

等待昙花再开,问年华,还有多少余额
可以将爱进行到底

四十九

无语并不代表默许,默许并不代表同意
镜子无声,事实莫言

五十

如果有一天宇宙爆裂,星星失踪
我想,我会更加仰慕它全然黑暗的尊严

五十一

悲伤,因为不断的吟唱而平和
爱恋,因为不断的痛苦而平和
一份平和,需要阳光的灼烧

五十二

一只蝴蝶,沿着酷夏的边沿飞翔
轻描淡写着落日的剪影

五十三

从清冷到妖娆,从寂静到红尘滚滚
霜刀雪剑般的激情,皆由一只蝴蝶纤弱的
翅膀,轻轻地扇动

五十四

杨柳有失分寸,满头凌乱
被唤醒了的婉约,无处藏身
一头撞进春色里

五十五

写诗时,我的眼睛是空旷着的
空旷的后方,是一团原子弹
爆炸的蘑菇云

五十六

昼与夜的距离,是太阳与月亮的距离
你与我的距离,是昼与夜的距离
昼与夜的引力,是太阳与月亮的引力
你与我的引力,是昼与夜的引力

五十七

火辣的烈酒,逼我让出真言
而真言,像化石一样的痛苦
我将它让给寂寞,让给忧虑,让给苍穹

五十八

云没有离恨之情,雨何来伤春悲秋
小草最懂马蹄声,岩浆最知心头恨

五十九

斩断毒蛇般的纠缠，打死冤鬼般的执著
世界将风轻云淡

六十

黄昏缓缓降落，尘世渐渐安宁
如果可以，我愿意把心的旷野
做成，寂静的喧哗

六十一

一袭袈裟，往还于阴阳两界，忙于检索因果
听惯了喧嚣，却把脚步隐藏于阳光明媚的寂静里

六十二

命运被一沙一石日日决定
姿容被一花一草时时跟踪

六十三

理解，是一种幸福和痛苦叠加的砥砺
砥砺够了，生命的内容就被写出经卷

六十四

把你爱成宇宙，又把宇宙爱回成你
把你爱成真理，又把真理爱回成你

六十五

科技，拼命催促欲望的爆炸
回光返照时，听不见一朵花开的声音

六十六

说好要分手，就不该用泪眼去牵制挥手
决定要分手，就不该为悲伤去断句分行

六十七

有人在华丽的病痛中勇敢伤风
有人在落日的辉煌中埋头追悔

六十八

黄昏，在寻找蜂儿飞舞的山谷
孤独，在寻找柠檬带电的蜜汁
我叩遍远方的门，去找寻前世的密码

六十九

露珠是昨晚的灵魂，在晨曦照耀下
慢慢回落到根部，使树梢重新获得慈祥的资格

七十

绝症，将照亮计算机运算出的世界和未来
每一次爆发都是重演，人类只有一个表情

七十一

生活简单,像一部日历,像一个摆钟
生活坚韧,像一棵小草,像一袭袈裟
生活无言,像石级,像空白的宣纸

七十二

幼稚和成熟互相体贴
罪恶与荣耀相互关照
木鱼,在倾听一朵莲花的诉说

七十三

最好与最坏,一同潜游于文明之海
秩序与即兴必将互殴得头破血流

七十四

交往可能是互相猜疑,相聚也许是
彼此排斥。网络的世界兜兜转转

七十五

山河缩小成木头的纹理
你的前世已经缩小成我的指纹

七十六

凌晨,是昨天还是明天

如果是昨天，月亮一定还没有落下去
如果是明天，那么太阳应该升上来了吧

七十七

筷子在反复练习，夹起高难度的情绪
然后，去重新确立碗里的秩序

七十八

是母亲的眼睛，为孩子的一生
裁剪出，善恶分明的美景

七十九

历史，被胜利者蓄意地揉捏劈削
为的是应和现实的表情

八十

城市的窗户与窗户之间，互相窥视又
暗中拥抱，互为因果又背道而驰

八十一

恨，像一只豹，在你的身体里溺水
挣扎死亡后，被你消化吸收，变成骨骼

八十二

你匍匐于我的掌纹中

我跋涉在你的指纹间
千山万水,谁也逃脱不了命定的结局

八十三

美,似乎是裂变堕落的过程
罪,或许是堕落裂变后的承担

八十四

民主一旦失音,有些人就任性蛮横
有些人就低头献媚

八十五

或许你有大漠孤烟直,长河落日圆
但当你不再艳羡它们的苍凉和壮阔时
请记起,远方有一弯高高翘起的屋檐角

八十六

风口浪尖上,盾牌和利剑暗夜里互赠诗篇
一位少女将悠扬的歌声,分发给黎明

八十七

钟表的秒针,像锯子,把时间切割成薄片
加赠给,新出土的眼睛

八十八

灵魂附着肉身,便失去飞翔的自由
肉身埋地,灵魂便重新飞翔
是肉身耽误了灵魂,还是灵魂要作茧自缚

八十九

一朵花被雷电击伤,一片叶哭疼了春天
痛感扩散到我的心,寂静了山中的夜

九十

不能坐视院里的青草疯长
不能坐视一朵花的沉默疯长
被风追杀的窗棂,最想倾诉衷肠

九十一

嘴角缄默,让笔尖分娩出海洋
不能按自己的内心生活,那就按自己的内心写作

九十二

爱你犹如爱一本书,一下子难以释卷
但转眼又被搁置大半年

九十三

晨曦踊跃灵气,盘点闹市的浮华

夕阳收养清静，书写山水的禅意

九十四

当寒气照亮田埂，当内心的一切往上涌
我要稳住自己，忍住飞雪和孤独，去告别去重逢

九十五

如果没有局部的绝症、瘟疫、疾病、战争
没有局部的自然火山、洪水、科技病毒
那么，解决人类的终极问题，可能只是星球爆炸

九十六

禁止抵达禁止出发的火车站
我把它送给怀乡的病人，送给爱人的
第二颗纽扣，送给翻动着的书页

九十七

如果上天没有眼睛，如果大地没有汗渍
粗犷的高粱，将以怎样的疼痛和心跳
酿成爱和酒。对一朵花儿，你又将如何
去实施公平公正的瓜分

九十八

鱼儿搅动河水，翅膀搅动白云

爱人在搅动我的梦，病毒在搅动孤独和疼痛
而过度的科技在搅动人类的安宁

九十九

雨，遮蔽了天空的晴朗
思想将浮起的隐痛，深深埋藏

一〇〇

我抬头仰望，看见一朵白云跑进
我的眼里，它把我当成要附着的肉身，我意外
多出了一朵灵魂

一〇一

梦里有刀，把寂寞劈成两半
一半给爱，一半给恨

一〇二

一朵雪花要吸食怎样的毒，才能治愈世界的
满目疮痍，好让冰层消融时，及时剪断
维系善与恶的缰绳

一〇三

烈酒催化的喧嚣，把温柔转化成锐利
沉默浸泡的烈酒，将锐利反转成温柔

我们举杯，为今夜的沉默，祝贺

一〇四

爱人眼里射出的子弹，把我打得落花流水
唱情歌的柳枝，还未把我扶起
就倒在了风中

一〇五

呼唤比闪电快，放手比牵手快
夕阳西下，月儿选择与孤独私订终身

一〇六

脚步与时间比沧桑，痛苦与落叶比沧桑
人生欲与地平线比沧桑，皆是卑微！

一〇七

一朵花儿在石缝里萌芽，无关悲喜
一个灵魂在肉身里漂移，无关前世今生

一〇八

霓虹灯把自己，张扬成天边的彩虹
飞鸟把自己的弧线，张扬成耀眼的闪电
谁斗胆，把雷声，张扬成细密的温情

一〇九

脱轨的深夜里,谎言横行霸道
去欺凌,娇生惯养的誓言

一一〇

我抬头饮下月亮,一如马蹄饮下草原的愁绪
饮下夕阳的回眸,饮下生命最源头的内核

一一一

请把浴巾和余下的牙膏带走
把钱和未完结的梦也一起带走吧,没关系的
我这里,还有风火水土,还有春夏秋冬

一一二

我坐在夕阳里,回收流失的时光
去擦亮,刚刚从黑暗里爬出来的黎明

一一三

谎言垄断了信息,阳光再亮
人们也只能极力拉长自己如鞭子的影子
然后,去抽打皎洁的雪花

一一四

石头吻向小草,蓝天吻向飞鸟

我仰头，吻向清澈透明的思绪

一一五

星球爆炸，我会躲在哪里
变成时光的灰尘，还是银河的幽灵

一一六

不弹拨，胡琴不过是一截被马尾线捆绑的木头
不见血，利剑不过是一件怀想金戈铁马的艺术品
孔明抚琴，弹破了空城计
书生守剑，哪知铁血轻如羽毛

一一七

你用一场浩大的远行来清算自己
鞋破之前，请将远方的路重整山河

一一八

马蹄呼啸而过，不及佳人帘卷西风
箭在弦上，赶不上暗送的秋波

一一九

得给你更庞大的孤独，以便你的胸怀
更接近大海。学会从大海中走出孤独
便走进了，一生都享用不尽的自由

一二〇

路的尽头分不出天与地
几颗心一旦巧合便是天涯海角
路过无心,却被一沙一石日日牵挂